Tainá Malala em
**AS COISAS QUE EU SINTO**

Editora Appris Ltda.
1.ª Edição - Copyright© 2022 da autora
Direitos de Edição Reservados à Editora Appris Ltda.

Nenhuma parte desta obra poderá ser utilizada indevidamente, sem estar de acordo com a Lei nº 9.610/98. Se incorreções forem encontradas, serão de exclusiva responsabilidade de seus organizadores. Foi realizado o Depósito Legal na Fundação Biblioteca Nacional, de acordo com as Leis nºs 10.994, de 14/12/2004, e 12.192, de 14/01/2010.

Catalogação na Fonte
Elaborado por: Josefina A. S. Guedes
Bibliotecária CRB 9/870

---

M838t
2022

Moreira, Tatiana Farias
  Tainá Malala em "As coisas que eu sinto" / Tatiana Farias Moreira ; ilustração Natália Damião. - 1. ed. - Curitiba : Appris, 2022.
    40 p. : il., color. ; 14 cm.

  ISBN 978-65-250-2857-6

  1. Literatura infatojuvenil. 2. Emoções. I. Título.

                                          CDD – 028.5

---

Livro de acordo com a normalização técnica da ABNT

Editora e Livraria Appris Ltda.
Av. Manoel Ribas, 2265 – Mercês
Curitiba/PR – CEP: 80810-002
Tel. (41) 3156 - 4731
www.editoraappris.com.br

Printed in Brazil
Impresso no Brasil

Tatiana Farias Moreira

Ilustração
Natália Damião

Tainá Malala em
## AS COISAS QUE EU SINTO

## FICHA TÉCNICA

**EDITORIAL**
Augusto V. de A. Coelho
Marli Caetano
Sara C. de Andrade Coelho

**COMITÊ EDITORIAL**
Andréa Barbosa Gouveia (UFPR)
Jacques de Lima Ferreira (UP)
Marilda Aparecida Behrens (PUCPR)
Ana El Achkar (UNIVERSO/RJ)
Conrado Moreira Mendes (PUC-MG)
Eliete Correia dos Santos (UEPB)
Fabiano Santos (UERJ/IESP)
Francinete Fernandes de Sousa (UEPB)
Francisco Carlos Duarte (PUCPR)
Francisco de Assis (Fiam-Faam, SP, Brasil)
Juliana Reichert Assunção Tonelli (UEL)
Maria Aparecida Barbosa (USP)
Maria Helena Zamora (PUC-Rio)
Maria Margarida de Andrade (Umack)
Roque Ismael da Costa Güllich (UFFS)
Toni Reis (UFPR)
Valdomiro de Oliveira (UFPR)
Valério Brusamolin (IFPR)

**ASSESSORIA EDITORIAL**
Renata C. L. Miccelli

**REVISÃO**
Renata C. L. Miccelli

**PRODUÇÃO EDITORIAL**
Bruna Holmen

**DIAGRAMAÇÃO**
Daniela Baumguertner

**CAPA**
Daniela Baumguertner

**REVISÃO DE PROVA**
Bianca Silva Semeguini

**COMUNICAÇÃO**
Carlos Eduardo Pereira
Karla Pipolo Olegário

**LIVRARIAS E EVENTOS**
Estevão Misael

**GERÊNCIA DE FINANÇAS**
Selma Maria Fernandes do Valle

# Preface

Research is my passion, emotions fascinate me, and I love children. So thank you, dear Tatiana Moreira, for allowing me to write a few introductory words to this wonderful little book.

Children are masters of emotional expression. They laugh, cry, grumble and scream as it comes to them. This sometimes strikes us adults, as we have learned to control our emotions – often simply by suppressing them. This, however, does us no good. Instead, the secret of successful emotion regulation lies in identifying our own emotions, being able to name them, understanding what triggers them in us and what we can do to change them. Once we are well aware of our inner emotional life and have the confidence that we are in control of our emotions if we want to, we can also sometimes opt for not changing anything, and accepting what we feel at a given moment. We would all prefer to be happy and content all the time. But we only really appreciate such happiness in times when we are not doing so well. Therefore, the coexistence and diversity of our emotions is so significant, and such a great enrichment of our lives. Especially negative emotions are important signals that can help us to change situations and to seek the reassuring closeness of other people. Also, sometimes looking at the world with a changed perspective – the glass half full instead of half empty – can help us feel better.

Tatiana, Natália, Bruna and Jamila have explained and illustrated these things in a wonderfully simple way for children. Every child who has this book read to them by someone is very lucky – they have this reader and they learn important things about themselves and are strengthened in their personality development.

In this sense, to all children and their readers: Enjoy this book!

*Anne Frenzel*

*Professor of Psychology*

*Ludwig–Maximilians–Universität München, Munich, Germany*

# Prefácio

Pesquisar é a minha paixão, emoções me fascinam e eu amo crianças. Então, obrigada, querida Tatiana Moreira, por me permitir escrever algumas palavras introdutórias neste maravilhoso livro pequenino.

Crianças são mestres em expressão emocional. Riem, choram, resmungam e gritam espontaneamente. Como adultos, isso às vezes nos surpreende, pois aprendemos a controlar as nossas emoções — amiúde simplesmente as suprimindo. Porém, isso não nos faz bem. Pelo contrário, o segredo de uma regulação emocional bem-sucedida está em nomeá-las, compreender o que as desencadeia e o que podemos fazer para alterá-las. Quando temos consciência de nossa vida emocional interna e confiamos que temos controle sobre as nossas emoções, podemos, às vezes, escolher não mudar nada e aceitar o que sentimos em um determinado momento. Todos preferimos ser felizes e contentes o tempo todo. Mas só realmente apreciamos essa felicidade nos momentos em que não vamos tão bem. Por essa razão a coexistência e a diversidade de nossas emoções são tão significativas e tão enriquecedoras em nossas vidas. Emoções especialmente negativas são sinais importantes que podem nos ajudar a mudar situações e buscar a proximidade reconfortante de outras pessoas. Além disso, olhar para o mundo com uma perspectiva nova — o copo meio cheio ao invés de meio vazio — pode nos ajudar a sentir melhor.

Tatiana, Natália, Bruna e Jamila explicaram e ilustraram isso para crianças de uma maneira maravilhosamente simples. Cada criança para a qual este livro for lido será muito sortuda — terá esse leitor e aprenderá coisas sobre si mesma e o desenvolvimento de sua personalidade se fortalecerá.

Nesse sentido, para todas as crianças e seus leitores: Aproveitem este livro!

**Anne Frenzel**
*Professora de Psicologia*
*Ludwig–Maximilians–Universität München, Munich, Germany*

*Tradução de*

**Renata Cambraia**
*Doutora em Psicologia*
*Ada Language Solutions*

ESTA É TAINÁ MALALA.

TAINÁ MALALA É UMA
CRIANÇA FELIZ E ANIMADA,
MAS NEM SEMPRE SE
SENTE ASSIM.

NÃO?!

NÃO!

TAINÁ MALALA SENTE
MUITAS COISAS
TODOS OS DIAS.

E ELA QUER CONTAR PARA
VOCÊ ALGUMAS COISAS
QUE SENTE.

EU AMO A MINHA FAMÍLIA.

EU ADORO ABRAÇAR A MAMÃE, PASSEAR COM A VOVÓ, BRINCAR COM O VOVÔ, LER COM OS TITIOS.

EU ME SINTO MUITO ALEGRE QUANDO FAÇO ESSAS COISAS!

EU TAMBÉM ME SINTO
ALEGRE QUANDO ESTOU
BRINCANDO COM MINHAS
AMIGUINHAS E MEUS
AMIGUINHOS!

É TÃO BOM ME SENTIR
ALEGRE! E EU ADORO
COMPARTILHAR A
MINHA ALEGRIA!

MAS EU ME SINTO TRISTE QUANDO TOMAM MEUS BRINQUEDOS E QUANDO, QUERENDO BRINCAR, PRECISO FAZER OUTRA COISA.

ÀS VEZES, EU ATÉ CHORO! AÍ, OU A MAMÃE ME ABRAÇA, OU EU PENSO EM ALGO LEGAL.

TUDO BEM ME SENTIR
TRISTE ÀS VEZES.

O IMPORTANTE É PODER
CONTAR COM ALGUÉM
E DAR UM TEMPO PARA
QUE EU POSSA ME
SENTIR MELHOR.

FALAR SOBRE A MINHA
TRISTEZA TAMBÉM
ME AJUDA!

EU TAMBÉM SINTO SAUDADE
DA TITIA, QUE MORA LONGE,
E DA VOVÓ E DO VOVÔ
QUANDO ELES VIAJAM.

SINTO SAUDADE DOS MEUS
BISOS, QUE JÁ SE FORAM.

AÍ, EU LIGO PARA QUEM
ESTÁ LONGE OU ESCREVO
UMA CARTINHA SOBRE A
MINHA SAUDADE.

TUDO BEM SENTIR SAUDADE.
O IMPORTANTE É LEMBRAR
AS COISAS BOAS QUE VIVI
COM ESSAS PESSOAS.

ÀS VEZES, A SAUDADE É ATÉ
GOSTOSA DE SE SENTIR!

DE VEZ EM QUANDO, EU
SINTO RAIVA.

SINTO RAIVA SE ALGUM
COLEGUINHA GRITA
COMIGO OU TENTA ME
BATER, OU SE ALGUÉM
MALTRATA UM BICHINHO.

EU TAMBÉM JÁ GRITEI
E TENTEI BATER EM
COLEGUINHAS, MAS
APRENDI QUE ISSO
É ERRADO.

TUDO BEM SENTIR RAIVA. O IMPORTANTE É SABER QUE NÃO SE PODE GRITAR COM OUTRAS PESSOAS, NEM BATER EM ALGUÉM.

O MELHOR A FAZER É ESPERAR EU ME ACALMAR E CONVERSAR SOBRE A MINHA RAIVA.

OUTRA COISA QUE
EU SINTO É MEDO DE
VACINA E DE CACHORRO
GRANDE LATINDO.

AÍ, A MAMÃE ME
EXPLICA QUE A VACINA
É IMPORTANTE E QUE EU
PRECISO TER CUIDADO
COM BICHINHOS
DESCONHECIDOS.

ÀS VEZES, EU PEÇO A
ELA UM ABRAÇO OU
UM COLINHO!

TUDO BEM SENTIR
MEDO. O IMPORTANTE É
TOMAR CUIDADO COM
O QUE ME DÁ MEDO
E BUSCAR PROTEÇÃO
QUANDO PRECISAR.

SENTIR MEDO, ÀS
VEZES, PODE AJUDAR A
ME PROTEGER.

EU TAMBÉM SINTO
MUITAS OUTRAS COISAS
TODOS OS DIAS!

ALGUMAS DESSAS COISAS
ME DEIXAM FELIZ, E OUTRAS
NEM TANTO.

E TUDO BEM PASSAR
POR MUITAS EMOÇÕES E
SENTIMENTOS!

O MAIS IMPORTANTE É
SABER QUE O QUE EU SINTO
É NORMAL E QUE EU POSSO
FALAR SOBRE ISSO COM
PESSOAS EM QUEM CONFIO.

ASSIM, PEÇO AJUDA PARA
PASSAR PELAS COISAS
RUINS E COMPARTILHO AS
COISAS BOAS!

## Tatiana Moreira

Psicóloga, mestre em Psicologia, mãe e amante de livros. Depois da chegada de sua filha, Tainá, atualmente com 4 anos, passou a trabalhar com crianças e sentiu a necessidade de se comunicar com os pequenos de forma acessível. Interessada em falar sobre temas importantes e sabendo da importância da leitura para crianças, a autora uniu três de suas grandes paixões ao escrever este livro: Tainá, Psicologia e leitura.

# As mulheres que fizeram este livro

## Tatiana Moreira

É mãe da Tainá. Formada em Psicologia e trabalhando com crianças no serviço público, sentiu vontade de falar sobre temas importantes com as crianças. Daí surgiu Tainá Malala.

## Natália Damião

Adora desenhar, mas só descobriu isso depois de adulta. Seu tema preferido é o universo feminino, e gosta de abordá-lo das mais diferentes formas possíveis.

## Bruna Moreira

É mãe do Leonardo e contribuiu na edição deste livro.

## Jamila Zgiet

É assistente social e assessora para assuntos aleatórios.